Mon recueil d'histoires de

NOËL

25 histoires magiques pour les petits

AUZOU

Direction générale : Gauthier Auzou
Responsable éditoriale : Laura Levy
Assistante éditoriale : Juliette Féquant
Création graphique : Mylène Gache
Fabrication : Nicolas Legoll
Correctrice : Capucine Jahan

Mon recueil d'histoires de NOËL

25 histoires magiques pour les petits

Sommaire

1er décembre

La Cheminée du Père Noël

La première fois que l'idée effleura Mario, c'est quand il vit Hans, son grand frère de 15 ans, préparer un piège dans la forêt pour attraper un renard. Après avoir enfoncé une longue perche dans le sol, Hans posa un filet par terre, puis il expliqua à Mario que, quand le renard marcherait sur le levier, la perche se relèverait, le filet se refermerait, et le renard serait attrapé vivant. **Le grand frère de Mario avait très envie d'apprivoiser un renard.**

Mario, qui allait sur ses huit ans, avait été très impressionné, surtout quand le piège avait réellement fonctionné. Malheureusement, quand Hans avait redescendu le filet, la pauvre bête terrorisée s'en était échappée et il avait été impossible de la rattraper.

À présent, la forêt était recouverte de neige et il n'était plus question d'attraper un renard. **On était le 24 décembre** et le Père Noël allait passer. Mario et son grand frère étaient très occupés à préparer le réveillon parce que leurs parents travaillaient jusqu'à 21 heures.

Ce fut pendant qu'il étalait sa pâte pour faire un gâteau roulé que **l'idée lui revint**. Après avoir mis son gâteau dans le four, Mario nettoya soigneusement la toile cirée.

« Je peux aller jouer maintenant ? demanda-t-il à Hans qui épluchait des marrons.
— OK, mais surveille ton gâteau de temps en temps. »

Mario s'esquiva. Il sortit de la maison par la porte de derrière, brava le froid et la neige pour aller dans la remise, prit un des filets de Hans et alla le cacher près de la cheminée. Après quoi, il revint surveiller son gâteau.
« Ça cuit ! »

Il retourna aussitôt dans le salon et examina la cheminée. **C'était une de ces cheminées qui semblaient faites sur mesure pour le passage d'un Père Noël** : elle était si grande qu'on pouvait se tenir debout à l'intérieur. Les deux poutres qui la traversaient en profondeur servaient,

jadis, à suspendre les saucisses pour les faire fumer. Il y avait encore les clous… Cinq minutes plus tard, le filet était attaché.

Ce soir-là, le cœur de Mario battit encore plus fort que d'habitude. La dinde était délicieuse, le gâteau roulé fut un succès et toute la famille chanta comme d'habitude « Douce nuit, sainte nuit », avant que l'on envoie Mario au lit.

Mario avait entendu parler de mettre des allumettes dans ses yeux pour les garder ouverts, mais il était tellement excité qu'il n'en eut même pas besoin. Vers 1 heure du matin, quand toute la maisonnée fut endormie, **il descendit l'escalier à pas de loup et alla se dissimuler près du sapin.** Et il commença à attendre.

La pendule sonna 2 HEURES, puis 3 HEURES...
Des pensées désagréables commencèrent à le tourmenter. Le Père Noël avait peut-être deviné qu'un piège l'attendait et il ne viendrait pas. Le petit garçon pensa bien à enlever le filet, mais il était trop fatigué et il s'endormit.

Quand il ouvrit les yeux, **le Père Noël était devant lui**. Le premier sentiment de Mario fut un immense soulagement : le Père Noël n'était pas pris au piège. Puis, le soulagement de Mario fit place à l'étonnement : mais comment s'était-il délivré ?

« Depuis plus de 2000 ans que je distribue des jouets, on ne m'avait encore jamais fait ce coup-là ! s'écria le Père Noël d'une bonne voix bourrue.
— Je suis désolé, Père Noël », dit Mario.

Le Père Noël sourit.
« Je vais te confier un secret, Mario. Je ne passe pas toujours par la cheminée. Ça dépend... »
Mario ouvrit des yeux ronds.
« En fait, je n'en ai pas besoin, expliqua le Père Noël, **je suis invisible !**
— Invisible ? s'écria Mario. Mais je vous vois !
— Tu me vois... en rêve ! C'est le seul endroit où l'on peut me voir. Mais, ajouta-t-il avec un clin d'œil, tout le monde ne me voit pas en rêve ! Bonne nuit, Mario.
— Bonne nuit, Père Noël ! » répondit le petit garçon.

Et quand il se réveilla au petit matin, les cadeaux étaient bien là, et ça, **ce n'était pas un rêve...**

2 décembre

Le Père Noël et le Renard

Le Père Noël n'avait jamais su réellement compter. Le nombre de kilomètres qu'il devait parcourir chaque année avec son traîneau se chiffrait en milliers, le nombre de cadeaux qu'il devait distribuer aux enfants en millions (on n'était pas à un cadeau près) et il n'avait que huit rennes. Huit, pas un de plus, pas un de moins…

De sorte que, pour être sûr que son équipage soit au complet, **il faisait toujours l'appel**. Il le faisait au départ, quand il quittait ses ateliers, après que les lutins avaient chargé son traîneau, et il le faisait à l'arrivée, au cas où. Ce « cas où » n'était jamais arrivé et il n'y avait pas de raison qu'il arrive, mais deux précautions valaient mieux qu'une.

Debout près de son traîneau, une fois la distribution terminée, le Père Noël commença à cocher une à une les cases de sa fiche de présence.
« Fougueux ? Danseur ? Fringant ? Rusé ? Comète ? Cupidon ? Éclair ? Tonnerre ? »

L'un après l'autre, chaque renne répondit d'un bref grognement. Sauf Tonnerre.
« Tonnerre ? » répéta le Père Noël.
Mais Tonnerre ne répondait toujours pas.
« Où est Tonnerre ? »
Les rennes se regardèrent les uns les autres, mais personne ne reconnut Tonnerre.

La gorge sèche, le Père Noël vérifia sa fiche : Tonnerre était pourtant bien là au départ. Il réfléchit, essayant de reconstituer mentalement leur trajet. Il s'était arrêté une seule fois, juste après avoir atterri, parce que les rennes avaient envie de faire pipi. C'était sans doute à ce moment-là que Tonnerre s'était éloigné...

Le Père Noël se mit à pleurer. Il savait conduire un traîneau dans le ciel et repérer dans la nuit la plus petite des maisons d'enfants, mais il ne savait absolument pas retrouver un renne qui s'était perdu !

Il était là en train de se lamenter, quand **un petit renard argenté en peluche apparut**. Il appuya sa patte sur le genou du Père Noël qui, croyant que la peluche était tombée

du traîneau, se pencha pour la ramasser. Il allait le lancer sur le tas, quand le renard poussa un cri de protestation.

« Non mais, **lâchez-moi** ! »

Le Père Noël suspendit son geste, étonné.
« Des peluches qui parlent ! Mes lutins ont vraiment beaucoup d'imagination. On n'arrête pas le progrès ! »

Le renard faillit s'étrangler de rire.
« Et non seulement je parle, dit-il, mais **je sais retrouver les rennes perdus !** Pouvez-vous me reposer par terre, s'il vous plaît ? »

Plein d'espoir, le Père Noël reposa cette drôle de peluche sur le sol.

« Avez-vous un objet appartenant à Tonnerre ? interrogea le renard. **Ainsi je le sentirai et retrouverai sa piste grâce à mon flair**, un sens très utile dont nous sommes dotés, nous les renards… en peluche. »

Le Père Noël regarda son attelage. À l'une des brides pendait le harnais de Tonnerre.

« Ça ira ? demanda-t-il d'un geste.
— On va essayer, dit le renard. Je ne suis qu'un jouet… »

Il alla flairer le harnais sous le regard anxieux du Père Noël. Puis, il se tourna dans toutes les directions, huma le vent et, soudain, indiqua l'est de sa patte.

« PAR LÀ ! dit-il.
— Tu en es sûr ?
— Absolument. Ou alors vos lutins ne m'ont pas bien fabriqué », répondit le renard avec un sourire malicieux.

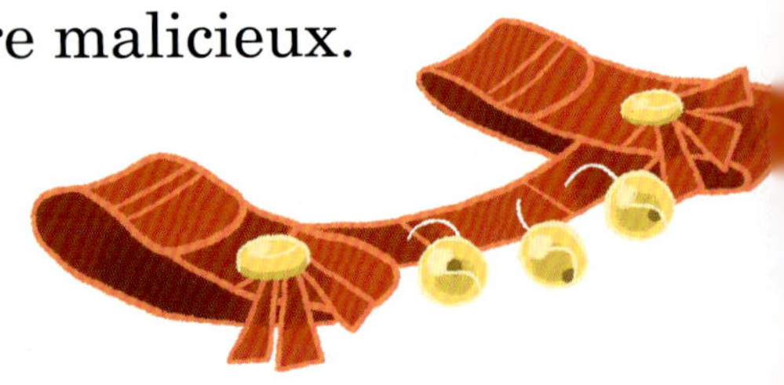

Hochant la tête, le Père Noël sauta sur son siège et remit son attelage en marche, tandis que le petit renard trottinait devant. **Ils parcoururent ainsi quelques kilomètres**, quand une silhouette familière se découpa au loin. Tonnerre ! C'était bien lui !

« J'ai une faveur à vous demander, dit le renard au Père Noël, quand l'attelage fut de nouveau au complet.
— Tout ce que tu veux !
— Je n'ai pas envie de retourner dans le traîneau avec les autres jouets. Maintenant que **j'ai goûté à la liberté**, me la laisserez-vous ? »

Évidemment le Père Noël accepta. C'est une histoire qui a fait le tour de la Sibérie, tant et si bien que l'on voit encore des petits renards qui jouent à être des peluches...

3 décembre

L'Anniversaire du Père Noël

Tout est calme et silencieux dans l'atelier du Père Noël. Tim, le petit lutin, se demande bien ce qui se passe. Mais lorsqu'il pousse la porte…

« SURPRISE ! » s'écrient le Père Noël et tous les lutins réunis derrière un énorme gâteau.

Tim en tombe sur les fesses.

« Joyeux anniversaire, Tim ! »

Le petit lutin est tout ému.

« Merci ! » dit-il timidement.

Il s'approche et souffle ses bougies. Un tonnerre d'applaudissements retentit. Le Père Noël lui tend un paquet.

« Allez, ouvre-le ! » lui dit-il doucement.

Tim défait les rubans et sort un magnifique bonnet qui clignote.

« Waouh ! Génial ! »

Il le met aussitôt et se pavane dans l'atelier. Le gâteau est découpé et tous reçoivent une part.

« Bon ! Ce n'est pas tout, intervient le Père Noël, mais on a encore beaucoup de travail. »
Et, jusqu'au soir, les lutins s'activent pour que tout soit prêt.
« Dites, c'est quand l'anniversaire du Père Noël ? » demande Tim.
Tous les lutins se regardent les uns les autres. Jamais personne ne s'est posé la question.
Tim consulte alors le calendrier et s'aperçoit que c'est le lendemain.
« Ça ne peut pas durer ! Et si nous lui préparions une petite fête pour son retour demain ? »
Tout le monde est emballé. Tim court à l'écurie et chuchote à l'oreille de Fonceur :
« Il faut retarder le Père Noël pour que tout soit prêt à son retour. »
Fonceur lui fait un clin d'œil.
« Message reçu ! »

L'heure du départ approche. Une fois les rennes attelés et la hotte chargée, le Père Noël s'envole dans la nuit étoilée.
Vite, Tim prend les choses en main :
« Vous, les bonnets jaunes, vous préparez le gâteau. Vous, les bonnets verts, vous vous occupez du cadeau. Et nous, les bonnets rouges, nous allons décorer l'atelier. »
Et c'est parti pour une folle nuit !
Pendant ce temps, là-haut dans le ciel, le Père Noël poursuit sa tournée.

« **Hue !** Fonceur ! »
Les rennes volent doucement, ils zigzaguent entre les nuages.
« **Hue !** Fonceur !
Le temps presse ! »
L'équipage survole une forêt, en fait le tour, frôle la cime des grands sapins.
« Mais il n'y a pas de maison, ici ! » s'écrie le Père Noël.
Les rennes, emmenés par Fonceur, prennent leur temps.
« Mais enfin ! Que se passe-t-il, ce soir ? » s'étonne le Père Noël.
L'attelage passe au-dessus d'une maison sans s'arrêter.
« **Ho !** Demi-tour ! »
Les rennes reviennent sur leur pas et tournent au-dessus du toit avant de se poser.
Le Père Noël soupire.
Au petit matin, ils ont enfin terminé.
« Eh bien, ce n'est pas trop tôt. **J'ai l'impression d'avoir fait deux fois le tour de la Terre, cette nuit !** Il est temps de rentrer. »

L'attelage regagne le Pôle Nord au ralenti, si bien que le vieil homme s'endort, confortablement assis.
Il se pose en douceur devant l'écurie.
« Père Noël ! Vite ! » s'écrie Tim.
Le Père Noël se réveille en sursaut.
« Que se passe-t-il ? Pourquoi cries-tu ainsi ?
— Le toit de l'atelier s'est effondré ! Tout est fichu à l'intérieur ! »
Le Père Noël se précipite, il pousse les portes de l'atelier, et…
« SURPRISE ! » s'écrient tous les lutins réunis derrière un énorme gâteau.

Le Père Noël en tombe sur les fesses.

« Joyeux anniversaire, Père Noël ! »

Le vieil homme est tout ému. C'est la première fois qu'on lui souhaite son anniversaire. **Il s'approche et souffle ses bougies. Un tonnerre d'applaudissements retentit.**

« Merci ! » chuchote-t-il, un peu gêné.

Tim arrive avec un paquet.

« Allez, ouvrez-le ! » lui dit-il doucement.

Le Père Noël défait le ruban et découvre un superbe bonnet qui clignote.

« Waouh ! Génial ! »

Il l'enfile aussitôt et se pavane aux côtés de Tim. La fête bat son plein une bonne partie de la journée. Puis, fatigué, le vieil homme les remercie encore une fois.

« On remet ça l'année prochaine ? lui demande Tim.

— Avec grand plaisir ! répond le Père Noël en souriant. C'est agréable de fêter son anniversaire ! »

4 décembre

Le Père Noël déménage

Accoudé à la fenêtre, le Père Noël soupire en regardant les flocons tourbillonner dans le vent.

« De la neige, encore de la neige... Toujours de la neige ! C'est lassant, tout ce blanc. »

Il se laisse tomber dans son vieux fauteuil.

« PFFF... J'en ai assez ! Ça suffit : je déménage ! »

Il se lève d'un bond et attrape le journal. Il l'ouvre à la page des petites annonces et, ses lunettes sur le nez, il commence à chercher.

« "Loue superbe château en Écosse. Tranquillité assurée (voisin très discret, voire transparent). Loyer modéré." Voilà qui me semble parfait ! » se dit-il en entourant en rouge cette petite annonce.

Le Père Noël sifflote sur le chemin qui mène à ses rennes, dans l'écurie. Fringant trépigne déjà dans son box, Éclair tape des sabots, Tonnerre rue. Cette sortie inattendue les enchante tous, il y a trop longtemps qu'ils n'ont pas mis le nez dehors.

Lorsque les rennes sont attelés, le Père Noël donne le départ.

« **Hue !** »

L'attelage démarre en trombe. Le Père Noël s'accroche, il a bien failli tomber à la renverse.

Le traîneau s'élance, il file comme l'éclair et disparaît à l'horizon.

Le Père Noël consulte la carte.

« L'Écosse, c'est par ici ! » s'écrie-t-il en tirant sur les rênes.

Le traîneau vire de bord et fonce vers les plaines écossaises. Il survole les forêts et se pose finalement devant les grilles d'un vieux château.
« PAR MA BARBE BLANCHE ! Cet endroit n'est pas très gai. »
Un drôle de petit bonhomme, flottant dans les airs, se présente à lui.
« Mac Arthur pour vous servir. La visite, c'est par ici. »
Le Père Noël hésite à le suivre.
« Allons, pressons… » lui dit Mac Arthur.
Le Père Noël hausse les épaules et pénètre dans le château.
Il traverse de longs couloirs sombres, seulement éclairés par quelques chandeliers, de vieilles portes vermoulues et grinçantes…
« Non merci ! conclut le Père Noël. Ça ne fera pas l'affaire ! Trop lugubre, trop humide ! »
Vexé, Mac Arthur disparaît à travers un mur.

Le Père Noël rejoint son traîneau et reprend son journal.
“Loue petite case en Afrique. Petit paradis au bord de l’eau. Calme absolu, seulement troublé par le chuchotis de la rivière…”
L’attelage démarre en trombe. Le Père Noël surveille sa boussole.
« En route ! Cap sur l’Afrique ! »
Il traverse les nuages et survole le désert. Des troupeaux de girafes courent dans les grandes herbes.
Le traîneau se pose en douceur au milieu de la savane, devant une case au toit de paille.
« PAR MA BARBE BLANCHE ! Qu’il fait chaud, ici ! » soupire le Père Noël.
Un petit homme approche en dodelinant de la tête.
« Sambo, pour vous servir ! La visite, c’est par là. »
Le Père Noël n’en peut plus, le soleil brûlant lui chauffe les oreilles.
Il pénètre dans la case, heureux de trouver un peu de fraîcheur. Le sol en terre battue, des nattes comme seul lit…
« Mon pauvre dos ne s’en remettrait pas !
Non merci ! Ça ne fera pas l’affaire. »
Il a tout juste le temps de rejoindre son traîneau, qu’un crocodile affamé lui déchire un morceau du pantalon.

« Ouf ! Un peu plus et je lui servais de repas ! »
Mais le Père Noël ne baisse pas les bras. Il sort à nouveau son journal et entoure une troisième annonce :
“Coquet appartement en plein cœur de New York. Grande terrasse aménagée. Vue splendide sur la ville.”
« Voilà ce qu’il me faut ! À nous l’Amérique ! »
Le traîneau vole au-dessus de l’océan.
L’attelage arrive à New York et se gare entre deux voitures.
« PAR MA BARBE BLANCHE ! Ça ne sent pas très bon, par ici ! »
TUUUTTTT… Un bus a bien failli l’écraser.
Un grand bonhomme en costume noir approche.
« Mister Weston, pour vous servir ! La visite, c’est par ici. »
Le Père Noël s’engouffre dans l’immeuble et monte dans l’ascenseur.
23e étage… **Ding !** La porte s’ouvre.
Debout sur la terrasse, il a le vertige en regardant en bas.
« Non merci ! Ça ne fera pas l’affaire ! Trop haut, trop bruyant ! »

Épuisé par cette journée de voyage, il remonte dans l'attelage.
« Direction le Pôle Nord ! »
Les rennes s'élancent, le traîneau file vers le nord.
Au premier flocon, le Père Noël sourit. Devant la grande étendue blanche, il revit.
« De la neige, encore de la neige... Toujours de la neige ! Finalement, c'est charmant, tout ce blanc ! »

5 décembre

Danseuse à l'aventure

Tout le monde connaît les rennes du Père Noël qui filent comme le vent dans le ciel ! Il y a Tornade, le plus rapide, la gracieuse Danseuse, Furie, le plus puissant, le joyeux Comète, la belle Cupidon, Tonnerre, le plus fort, Éclair, la lumineuse…Et enfin Rudolphe, le vaillant petit renne au nez rouge, qui se place en tête d'attelage afin de guider le traîneau dans la nuit. **Mais de tous les rennes du Père Noël, Danseuse possède une histoire bien particulière...** Elle adorait sa vie au chalet. Elle ne manquait de rien, là-bas, et les lutins de l'atelier lui apportaient souvent des friandises dans son vaste enclos. Sans compter que le Père Noël sortait en promenade aérienne au moins trois fois par semaine, et que virevolter dans le ciel, **c'était ce que Danseuse préférait**. Et puis, il ne fallait pas oublier la fameuse nuit magique, la merveilleuse nuit de Noël... Quel bonheur de tirer le traîneau de maison en maison pour distribuer les cadeaux des enfants !

Seulement, un jour, Danseuse décida d'avertir le Père Noël qu'elle souhaitait quitter l'attelage.
« **Je voudrais devenir artiste !** » expliqua-t-elle.
Fronçant les sourcils, le Père Noël accepta.
« Sache que tu me manqueras, Danseuse. Je ne te demande qu'une chose : promets-moi de revenir me voir d'ici un mois. Ni plus tôt, ni plus tard.
— PROMIS ! s'engagea Danseuse. Et merci ! »
Sur quoi, elle partit sur les routes chercher la gloire. Bien sûr, une fois hors de l'attelage, les rennes du Père Noël perdent leurs pouvoirs magiques. Mais Danseuse s'en fichait, tant qu'elle était toujours la plus gracieuse !

Elle arriva ainsi au Cirque des Bois. Le directeur avait la réputation d'un homme bon, qui traitait bien les animaux et les laissait libre de présenter, ou non, leur numéro. En apercevant Danseuse, à la démarche si élégante, le directeur l'engagea aussitôt pour le Grand Final de la prochaine représentation. Danseuse répéta alors de tout son cœur et, peu après, elle reçut un accueil triomphal du public !

Durant deux semaines, elle fut la vedette incontestée du spectacle. Puis la nuit de Noël arriva, et Danseuse sentit son cœur se serrer... Elle s'efforça de ne pas dormir, afin d'apercevoir ses amis de l'attelage magique. Elle ferma pourtant malgré elle les paupières et, au matin, elle se réveilla en sursaut. Mais trop tard : le Père Noël était déjà passé. Il avait déposé pour elle une longue écharpe moelleuse, pour qu'elle ne prenne pas froid, si loin des bons soins de la Mère Noël... Danseuse en eut les larmes aux yeux, et réalisa soudain à quel point s'occuper des enfants lui manquait !« Je suis une grande artiste, pensa-t-elle. Mais au fond, je suis avant tout un renne du Père Noël ! »

Et elle décida d'abandonner le Cirque des Bois pour rentrer chez elle. Hélas, Danseuse avait oublié sa promesse de ne pas revenir avant un mois. Elle dut donc patienter à l'orée de la forêt, bien contente d'avoir son écharpe dans laquelle s'emmitoufler.

Enfin, le jour du retour arriva ! **Danseuse galopa jusqu'à l'enclos des rennes, qui bramèrent de joie en la retrouvant.**

Le Père Noël, la Mère Noël et les lutins accoururent immédiatement.

« Alors, Danseuse, tu es devenue artiste ? demanda le Père Noël.

— Oui, mais j'avais hâte de revenir, finalement. Et un mois, c'est vraiment très long ! Quand je pense que j'ai raté la nuit de Noël…

— Ne t'en fais pas pour ça, assura le Père Noël. Il y en aura une infinité d'autres ! Et puis, ton absence t'a permis de découvrir que **la plus belle aventure, c'est souvent celle que l'on vit à la maison…**

— Celle pour laquelle je suis réellement faite ! » conclut Danseuse en éclatant de rire.

6 décembre

Saint Nicolas et les trois enfants

Il était une fois trois amis partis se promener à travers les champs de Lorraine. Occupés à jouer dans les épis de blé, ils s'éloignèrent du sentier et finirent par se perdre. Une fois le soir venu, ils se rendirent compte qu'ils étaient incapables de retrouver le chemin de leurs maisons. Ils errèrent donc jusqu'à l'orée de la forêt, où ils aperçurent une chaumière dont les lumières étaient allumées.

Le plus jeune des garçons frappa à la porte. Un homme à l'épaisse barbe grise vint leur ouvrir. Il portait des vêtements sombres et de hautes bottes de cuir.
« Nous nous sommes perdus, expliqua l'enfant. Auriez-vous quelque chose à manger ? »
L'homme toisa les trois garçons de la tête aux pieds et, d'un geste, les invita à entrer.

Dès que la porte fut refermée, l'homme, qui était boucher, afficha un large sourire, puis, sans un mot, se jeta sur eux. Il les attrapa et les tua sur-le-champ ! Il les découpa ensuite en petits morceaux, qu'il plaça dans un baquet de sel. « Et voilà un bon petit salé à manger dans quelque temps », se réjouit le boucher, heureux de cette visite inopinée.

Sept ans plus tard, saint Nicolas, un homme à la longue barbe blanche et aux vêtements rouge écarlate, passa près de la maison du boucher. Il descendit de son âne et frappa à la porte en demandant l'hospitalité. Une fois à l'intérieur, le vieil homme l'interrogea : « J'ai faim, auriez-vous quelque nourriture à me proposer ?

— Je n'ai que du poisson et des pois cassés.
— C'EST BIZARRE… Je sens pourtant comme une odeur de petit salé… »
Le boucher comprit aussitôt qu'il était démasqué ! Blanc de peur, il pointa du doigt la marmite dans laquelle il avait

placé les enfants. Saint Nicolas s'en approcha et posa les mains dessus. Comme par miracle, les garçons en sortirent indemnes ! Ils remercièrent chaleureusement saint Nicolas de les avoir sauvés, puis se précipitèrent hors de la maison.

Les trois garçons ne revirent saint Nicolas que le 6 décembre suivant, quand celui-ci, comme chaque année, apporta du pain d'épices, des fruits secs et des bonbons aux enfants de la région. Mais cette fois, il était venu accompagné.

En effet, pour punir le boucher, saint Nicolas avait fait de lui le père Fouettard ! Ainsi, quand les enfants s'étaient mal comportés, le boucher leur donnait, à la place des friandises, des oignons, des pommes de terre ou du charbon. Parfois même, il les frappait de son fouet ! Alors un petit conseil, si tu ne veux pas le rencontrer, sois bien sage toute l'année…

7 décembre

Le Méli-mélo de Noël

La nuit de Noël touchait à sa fin. La lune allait bientôt se coucher pour laisser place au soleil et le Père Noël terminait sa distribution de surprises. Il se dépêchait de livrer les paquets de la dernière maison à visiter, quand le carillon de l'horloge sonna la demie de cinq heures. Le Père Noël prit peur :
« NOM D'UNE BARBE BLANCHE, les enfants vont se réveiller ! Je dois finir, et filer avant qu'ils ne m'aperçoivent ! »

Sur quoi, il attrapa les paquets trois par trois et s'empressa de les installer au pied du sapin, dans les chaussons des petits.

« Un cadeau vert pour Emma, un bleu pour Louison, un rose pour Sidonie, un rouge pour Nathan, un jaune pour Timothée et un doré pour Gustave. »

Il s'occupa ensuite des surprises des parents, des grands-parents, des oncles et des tantes. Puis il remonta sur le toit, grimpa dans son traîneau... et entendit six heures s'égrener à l'horloge ! **Oh là là !** Déjà ! Le Père Noël ordonna aux rennes de vite se cacher derrière un buisson du jardin. **« En attendant de décoller discrètement, se dit-il, autant assister à la découverte des surprises. »** Et les volets de la fenêtre du salon n'étant pas fermés, le Père Noël regarda, dans la maison, la famille se presser autour du sapin.

« Youpi, le Père Noël est passé ! » chantèrent les enfants devant les paquets.
Et chacun se mit à ouvrir sa surprise. Derrière son buisson, le Père Noël souriait. **La joie des petits le comblait, car la magie de Noël naît du rire des enfants...**

« **Hourra !** Il y a la poupée de mes rêves dans mon paquet vert ! s'écria Emma.
— Moi, dans mon paquet rouge, j'ai le train électrique que j'avais commandé », s'esclaffa Nathan.
Louison applaudit en sortant un ours en peluche de son

paquet bleu, et Timothée leva un poing triomphant devant le ballon que contenait son paquet jaune. Sidonie, cependant, ne se réjouit pas en ouvrant son paquet rose.
« Une paire de jumelles ? s'étonna-t-elle. Ce n'est pas ce que j'avais commandé... »
Sur quoi, le petit Gustave brandit le cadeau de son paquet doré :
« Un avion télécommandé ? Ce n'est pas ce que je voulais... »
De sa cachette, le Père Noël s'affola : dans sa hâte, il avait mélangé les cadeaux de Gustave et de Sidonie !
Quelle catastrophe ! Il réfléchissait à ce qu'il pourrait faire, lorsque Sidonie s'exclama :
« Hé, Gustave ! Tu as reçu l'avion que j'avais commandé !
— Et toi, Sidonie, tu as reçu ma paire de jumelles ! ajouta le petit garçon. Tu crois que le Père Noël s'est trompé et qu'on devrait échanger nos cadeaux ? »

Sidonie secoua la tête.
« Non, le Père Noël ne se trompe jamais. Il sait exactement ce qu'il nous faut. **Mais nous pourrons jouer ensemble, si tu veux !** »
Satisfait de leur décision de se prêter leur cadeau, le Père Noël profita de l'inattention des enfants pour ordonner aux rennes d'enfin décoller. Or, au même instant, Gustave et Sidonie essayèrent la paire de jumelles. Ils se tournèrent vers la fenêtre... et aperçurent le traîneau du Père Noël, qui s'élevait vers le ciel ! Vite, ils écrivirent « MERCI ! » sur un morceau de papier cadeau, puis ils l'accrochèrent à

l'avion télécommandé qu'ils guidèrent jusqu'au traîneau. Découvrant le petit mot avec émotion, le Père Noël rédigea une réponse qu'il renvoya aux enfants par l'avion.
Puis, soulagé de ne pas avoir gâché Noël, il rentra chez lui en éclatant de rire. Gustave et Sidonie, émerveillés, reçurent peu après le message du Père Noël qui disait : « **Mon méli-mélo de Noël vous permet en fin de compte d'avoir chacun deux cadeaux !** » Et loin d'être déçus, les enfants comprirent qu'ils n'oublieraient jamais ce Noël extraordinaire... le plus beau de leur vie, certainement !

8 décembre

Un espion à l'atelier

L'école de Petit Sven se trouvait au sommet de la colline de Givre. Chaque matin, il y montait en chantonnant, et chaque soir, il en redescendait pour rentrer joyeusement chez lui. **Mais ce jour-là, à environ une semaine de Noël, Petit Sven se trompa bizarrement de chemin.** Et au lieu d'arriver à l'école, il déboucha, sans trop savoir comment, devant un immense chalet de bois ciré. Trois hautes cheminées fumaient sur le toit. Intrigué, Petit Sven jeta un coup d'œil curieux par l'une des fenêtres en forme d'étoile... et retint un cri : là, devant lui, un groupe

de lutins s'affairait devant de grosses machines en acier ! Il y avait des milliers de jouets autour d'eux, et Petit Sven comprit immédiatement qu'il s'agissait de l'atelier enchanté du Père Noël.

« QUELLE CHANCE ! se dit-il tout bas. Je dois être le premier enfant à voir ça ! »

Et Petit Sven décida d'entrer : l'occasion lui semblait trop extraordinaire pour la laisser filer. **Cependant, de peur d'effrayer les lutins qui fileraient se cacher, il chercha un moyen de se déguiser.** Remarquant alors le vestiaire général, dans le vestibule, il s'y glissa sans bruit. Il emprunta un bonnet, un gilet de laine et des bottines de feutre vert. Puis il se faufila dans l'atelier comme si de rien n'était. Heureusement, Petit Sven n'était guère plus grand que la plupart des lutins. Et certains ne portaient pas de barbe, comme lui. Ce qui lui permit de passer inaperçu... jusqu'à ce que l'un d'eux murmure :

« Tu devrais travailler un peu, ou Lutin Premier sera fâché ! »
Petit Sven n'eut pas le temps de réagir. Le fameux Lutin Premier, responsable en chef de l'atelier enchanté, approcha en grommelant :
« Nous avons dix mille ours en peluche à fabriquer, ce n'est pas le moment de traîner !
— Bien sûr ! » répondit Petit Sven en faisant mine de retourner à son poste.
Il se mêla à la foule de lutins affairés, puis il observa les nounours flambant neufs qui sortaient des machines.

« Quel hasard, songea Petit Sven. C'est justement un ours en peluche que j'ai commandé cette année ! »
Et il se mit à les admirer. Des blancs, des bruns, des noirs, des beiges... et même quelques violets ! **Un nounours gris, seul dans un coin, attira soudain son attention.** Il demanda au lutin qui travaillait là :
« Pourquoi l'as-tu mis à part, celui-ci ?
— Tu vois bien qu'il est gris, on s'est trompé dans les colorants. Et puis, il a une oreille cousue de travers. Le Père Noël ne l'offrira pas. »

Petit Sven plissa le nez d'un air contrarié. **Lui, ce nounours, il lui plaisait !** Alors il se dépêcha de regagner le vestiaire, où il reposa en cachette son bonnet, son gilet de laine et ses bottines de feutre vert, avant de quitter l'atelier et de courir chez lui. La fin de l'école ayant sonné une heure plus tôt, ses parents ne s'étonnèrent donc pas de le voir rentrer...

« **Papa, maman !** s'exclama-t-il en poussant la porte. J'ai oublié de préciser quelque chose dans ma lettre au Père Noël !

— Trop tard, répondit papa. Elle est postée.

— Mais ne t'en fais pas, affirma maman. Si c'est quelque chose que tu souhaites assez fort, le Père Noël le saura quand même. »

Petit Sven préféra ne prendre aucun risque et, prétextant d'aller jouer dehors, il reprit le chemin de l'atelier enchanté. Seulement, malgré ses efforts, Petit Sven fut incapable de le retrouver... Cependant, une semaine plus tard exactement, au matin de Noël, Petit Sven eut la surprise de découvrir le nounours gris au pied du sapin ! Il était accompagné de ce mot : **« Un espion à l'atelier, ça nous a bien amusés »**. Et Petit Sven, émerveillé, se promit de retourner un jour ou l'autre chez le Père Noël...

9 décembre

Masika et le Père Noël

Un jour, le Père Noël posait pour des photos dans un centre commercial, quand il entendit cette réflexion :
« Maman, il est vraiment très vieux, le Père Noël. Il n'a pas le droit à la retraite ? Ce serait bien qu'il y en ait un nouveau, plus jeune. »
Le Père Noël n'avait jamais envisagé de prendre sa retraite car, malgré son grand âge, il se sentait toujours très en forme.

Il est des paroles comme ça qui vous brisent ou changent votre destin. De ce jour, **le Père Noël décida qu'il lui fallait trouver un assistant dont il ferait un jour son remplaçant.**

Il devait y avoir pas mal d'enfants de par le monde qui rêvaient d'être un jour le Père Noël et de parcourir le ciel avec un traîneau chargé de cadeaux. La meilleure manière de le trouver était de passer une petite annonce, ce que le Père Noël fit dans les journaux du monde entier. « Cherche enfant désirant suivre une formation pour devenir Père Noël quand il sera grand. »

À son grand étonnement, **le Père Noël ne trouva que trois enveloppes** à la poste quand il alla chercher son courrier quelques mois plus tard. Il y avait un petit garçon à Paris qui demandait quel était le montant du salaire, un autre à Manille qui se disait le candidat idéal mais voulait faire des études de gestion en même temps, et enfin une petite fille en Égypte qui était tout à fait libre, car elle n'avait plus de parents. Le Père Noël retint aussitôt sa candidature.

C'était une fille et il n'y avait pas encore eu de Mère Noël, mais le Père Noël trouvait qu'il fallait vivre avec son temps. La petite fille avait indiqué son adresse : *Sharmal el Sheikh, demander Masika sur la plage.*

Masika était en train de parcourir la plage comme d'habitude pour essayer de vendre des colliers de fleurs de jasmin aux touristes, quand le Père Noël arriva. Il n'arriva pas sur un traîneau, car **il était là incognito,** et d'ailleurs, Noël n'était que le lendemain.

« Je ne vous imaginais pas comme ça, dit Masika en dévisageant ce monsieur à barbe blanche en maillot de bain à rayures rouges et blanches.
— Moi non plus, dit le Père Noel qui était très intimidé. Les enfants sont toujours endormis quand je passe...
— Bon, on y va ? dit Masika. Je suis prête ! »

Quelques instants plus tard, il ne restait plus de Masika que sa caissette remplie de colliers de fleurs que la petite vendeuse avait passé une partie de la nuit à confectionner.

Le Père Noël et son apprentie venaient de réapparaître dans **les montagnes très hautes que l'on trouve au milieu des nuages**. Il lui fit visiter les ateliers où les lutins mettaient les dernières touches aux jouets, puis lui expliqua que la difficulté était de se glisser par la cheminée, ce qui n'était jamais facile quand on a pris un peu de poids.

« J'irai, moi, proposa Masika. Il faut que j'apprenne si je dois faire ce métier, pas vrai, Père Noël ? » ajouta-t-elle avec un sourire éclatant.
Le Père Noël acquiesça, de plus en plus intimidé. **Il n'avait jamais vu un enfant sourire** comme ça. Même quand ils recevaient leurs jouets...

« Au fait Masika, qu'est-ce que je t'ai apporté la dernière fois ? »
La petite fille regarda le Père Noël, gênée.
« Oh, rien du tout, Père Noël. C'est normal, je n'ai pas de cheminée ! Et comme je ne sais pas bien écrire, je ne vous ai jamais fait de lettre. Et de toutes façons, vous n'auriez pas trouvé ma maison, je n'en ai pas... »

Le lendemain, quand la plus belle nuit de l'année étendit son manteau étoilé sur le monde, **Masika et le Père Noël montèrent sur le traîneau chargé de cadeaux**. Toute la nuit, ils allèrent de par le monde, le Père Noël conduisant, Masika descendant dans les cheminées. Puis, le Père Noël laissa les rênes à Masika et la petite fille conduisit entre les étoiles en riant aux éclats.

« **Oh !** s'exclama malicieusement Masika quand le traîneau fut vide, vous non plus Père Noël, vous n'avez pas de cadeau ! »
Très ému, le Père Noël prit la main de Masika.

« **C'est toi mon cadeau, Masika**. Grâce à toi, j'ai appris que les enfants du monde n'étaient pas tous gâtés par la vie. De là-haut, on ne voit pas toujours bien ce qui se passe. À partir de maintenant, tu m'accompagneras et tu seras mon guide, Masika. Tu es la plus fabuleuse **Petite Fille Noël** qui puisse exister ! »

10 décembre

Le Plus Sage des deux

Voici l'histoire de **Simon Grognon**, un petit garçon de mauvaise humeur, et de **Thomas Gentil**, qui riait à longueur de journée. Les deux amis s'aimaient beaucoup, évidemment, mais leur différence de caractère les poussait à se disputer souvent. Cela n'avait pas trop d'importance, car toujours ils se réconciliaient. Cependant, à l'approche de Noël, cette année-là, **Simon Grognon se montra particulièrement ronchon.**

« Je n'ai pas envie de ranger ma chambre, bougonna-t-il quand sa mère lui recommanda de le faire.
— Pourquoi ça ? C'est rigolo ! » s'exclama alors Thomas Gentil. Mais bien sûr, comme sa chambre à lui n'était jamais en désordre, il n'avait jamais besoin de la ranger, et Simon Grognon protesta :
« Tu ne sais pas de quoi tu parles, mêle-toi de tes affaires ! »
Plus tard, il termina sa dictée en gémissant qu'il était fatigué. Il se lava les cheveux en criant que le shampooing lui piquait les yeux. Il se coucha en soupirant qu'il n'avait pas sommeil. Et le lendemain, il se rendit à l'école en rouspétant qu'il détestait étudier.
« Tu devrais te méfier, pouffa Thomas Gentil. **À force de t'entendre grogner, le Père Noël ne déposera rien dans tes souliers !** »

Simon Grognon haussa les épaules comme s'il s'en fichait. Mais en réalité, la remarque de son ami commença à l'inquiéter. Plus les jours passaient, plus Noël approchait, plus Simon Grognon craignait de ne recevoir aucun cadeau... et plus son humeur s'assombrissait ! Pourtant, il souhaitait faire des efforts, mais son caractère boudeur le rattrapait, et **Thomas Gentil s'en amusait de plus en plus.**

« Je viens d'envoyer ma liste au Père Noël, dit-il ce matin-là à son ami. Je lui ai écrit que j'aimerais recevoir un vélo bleu, et j'ai signé en précisant que je le méritais plus qu'un certain Simon qui ronchonne tout le temps ! »
Sur quoi, il éclata de rire, ravi de sa bonne plaisanterie.

Mais Simon Grognon fronça les sourcils : le Père Noël, en découvrant la lettre de Thomas Gentil, se dirait sûrement qu'il n'était pas si gentil que ça. Or, Simon Grognon savait que son ami ne pensait pas à mal. Il avait juste voulu lui faire une farce, sans penser aux conséquences... Alors, **Simon Grognon décida d'agir.** Il rédigea à son tour sa liste au Père Noël, demandant le beau vélo bleu dont il rêvait lui aussi. Il signa en précisant que son ami Thomas Gentil en aimerait un également, et que même s'il faisait tout le temps des blagues idiotes, ce serait bien qu'il le trouve malgré tout dans ses souliers pour qu'ils puissent jouer ensemble. Simon Grognon posta ensuite sa lettre, satisfait de son initiative. Puis son père l'appela pour l'aider à laver la voiture, et Simon Grognon obéit en pleurnichant que le savon lui donnait des boutons.

« Je connais un certain Simon qui n'aura pas de cadeau ! » s'exclama Thomas Gentil en passant devant le garage.

Au matin de Noël, toutefois, le plus déçu des deux ne fut pas celui que l'on croit. Car Simon Grognon reçut le vélo bleu dont il rêvait, ce qui eut pour effet de le mettre d'excellente humeur pour toute une semaine ! En revanche, Thomas Gentil perdit son sourire pendant tout un mois. Oh, il avait bien trouvé son vélo bleu, dans ses souliers… Seulement, un petit mot du Père Noël l'accompagnait : « **Le plus sage des deux est certainement trop grognon.** Il a néanmoins vraiment bon cœur... et ne pense pas qu'aux cadeaux ! Tu mérites ton vélo, Thomas Gentil. Mais Simon Grognon le mérite plus que toi ! »

Et à dater de ce jour, **Thomas Gentil** ne se moqua plus jamais du mauvais caractère de **Simon Grognon**... qui se mit à se plaindre que les blagues idiotes de son ami lui manquaient horriblement !

11 décembre

Le Vrai Cadeau de Nina

42 poupées, 7 panoplies de princesses, 5 trottinettes… **Nina faisait l'inventaire de ses jouets.** Qu'allait-elle demander au Père Noël, cette année ?

« Je sais ! » s'écria soudain Nina. Et elle écrivit : « Cher Père Noël, j'ai été très sage et j'aimerais une chambre plus grande pour pouvoir avoir encore plus de jouets. Joyeux Noël à toi. »

En lisant la lettre, le Père Noël failli s'étrangler. **Nina n'avait pas été sage du tout** : elle avait fait 180 CAPRICES, piqué

252 COLÈRES, elle avait épuisé pas moins de 12 NOUNOUS, et là elle venait de mentir une fois de trop. **Vraiment, il était temps de lui donner une leçon.**

Ce fut l'une des missions les plus difficiles de sa vie. Ce cadeau-là devait être très spécial, car il devait faire comprendre à Nina que ce que l'on est est plus important que ce que l'on possède.

Le matin de Noël, Nina découvrit que sa chambre était toujours la même. Le Père Noël n'avait pas exaucé son vœu. Confiante, elle courut dans le salon, et là elle fut vraiment surprise : il n'y avait rien sous le sapin. **Rien qu'un petit paquet enveloppé dans du papier kraft et une lettre du Père Noël.**

« Chère Nina, disait-il. Ne me prends pas pour un idiot. Je sais que tu as été infernale. Mais tu es intelligente et tu finiras par comprendre. Cette année, je t'offre un livre. Oui mais attention, ce n'est pas n'importe quel livre. Les pages sont blanches comme la neige. **C'est à toi de l'écrire.** Je me suis dit que cela pourrait t'aider à découvrir qui tu es. Il y a un deuxième cadeau. Il ne devrait pas tarder à arriver. »

« Chouette, se dit Nina, on va sans doute me livrer un poney, ou une voiture électrique. »

On sonna à la porte et Nina alla ouvrir. Elle découvrit alors une jeune fille aux longs cheveux presque blancs qui la regardait en souriant.

« Je suis Fay, ta nouvelle baby-sitter. Et j'ai un message pour toi de la part du Père Noël. Je suis ici pour t'aider à écrire ton livre, mais attention : **à chaque fois que tu feras une scène ou un caprice, j'arracherai une page du livre.** Et si, à la fin de l'année, il y a moins de 300 pages, je crois que le Père Noël sera très fâché. »

Nina était bonne en maths, elle fit vite le calcul : il y a 365 jours dans une année, cela veut dire que j'ai droit à… 65 COLÈRES ? Ce n'est pas si mal…

« Alors, lui dit Fay, on s'y met ? »

Nina prit son plus joli stylo, celui avec des paillettes, et elle écrivit la première page de son livre :

« Aujourd'hui nous sommes le 25 décembre. Je m'appelle Nina, **et je suis une petite fille comme les autres...** »

12 décembre

Riski et le Père Noël

Depuis trois mois, le soleil s'était couché pour de bon au-dessous de l'horizon. **C'était l'hiver sur la banquise.** Mais tous les petits Esquimaux étaient heureux : le Père Noël allait bientôt passer !

Non loin de l'igloo de Tadi, une troupe de chiens d'attelage se roulait de rire dans la neige. L'un d'eux, Riski, rêvait de tirer un jour le traîneau du Père Noël, comme s'il était un renne. Il croyait vraiment au Père Noël !

« Hé, Riski, tu rentres ? » l'appela Tadi, son maître.
Remuant la queue, Riski revint à toutes pattes vers l'igloo devant lequel Tadi lui faisait de grands signes.
« Riski, viens vite, il va bientôt passer ! »
Et il ajouta tristement :
« D'ailleurs, il devrait déjà être passé... »

En effet, **le Père Noël commençait toujours sa tournée par le Pôle Nord**. Tadi avait expliqué à Riski qu'il continuait ensuite par les pays tempérés d'Europe, comme la France, puis finissait par ceux du Sud, de l'Italie au Moyen-Orient. Quelle chance, Tadi était toujours le premier servi !

Sauf que cette année, le blizzard s'était levé. Ce n'était pas un temps à mettre la truffe dehors, même pour un petit Esquimau, même pour un chien husky.

Mais le temps passait et Tadi s'inquiétait :
« Tu crois qu'il m'a oublié ou qu'il a eu un ennui ? Avec ce temps de chien ! Je ne dis pas ça pour toi, Riski… »
Riski aimait son petit maître plus que tout au monde. Jamais le papa de Tadi ne le laissait partir à la chasse sans que Riski l'accompagne, surtout pour son fabuleux sens de l'orientation.

Tadi n'avait pas prononcé ces mots que **Riski se jeta dans la nuit** et partit dans la direction d'où le Père Noël aurait dû venir.

Riski marcha, marcha et marcha. Coûte que coûte, il trouverait le Père Noël et le ramènerait à son maître. Le petit chien avait froid, mais il continuait. Il avait peur, mais il continuait encore. Et soudain, il l'aperçut... Le Père Noël retenait à grand peine son renne de tête qui se débattait pour ne pas couler. **Son traîneau était coincé dans la banquise, au milieu de morceaux de glace brisée !**

Riski sut tout de suite ce qu'il avait à faire. Avec ses dents aiguisées comme un couteau de pêche, il rongea chacune des brides de cuir qui liaient le renne au reste de l'attelage. D'un coup de rein, l'animal se libéra. Il fit quelques pas en vacillant, puis s'effondra en gémissant. Ses pattes gelées l'empêchaient de marcher...

Quittant son traîneau, le Père Noël adressa à Riski un regard qui lui fit courir un frisson le long de l'échine.
Il n'y a pas trente-six solutions dans le Grand Nord. Quand il faut aller chercher de l'aide, il faut y aller, c'est tout. Riski partit comme une flèche. **Il parcourut le chemin en sens inverse dans le blizzard** et, au moment où il croyait mourir d'épuisement, il aperçut l'igloo de Tadi devant lequel les autres chiens de traîneau étaient allongés.
« **Riski !** » hurla Tadi, fou de joie.

Les petits chiens ne savent pas parler, bien entendu. Peut-être était-ce parce que c'était la nuit de Noël, toujours est-il que Tadi comprit qu'il devait attacher l'attelage de chiens

au traîneau et que le père de Tadi sut qu'il n'y avait pas à discuter.

Peu après, le renne blessé était emmailloté dans des couvertures et le traîneau du Père Noël sorti de l'ornière avec l'aide des chiens. Quand tout le monde fut de retour à l'igloo, **la maman de Tadi soigna le renne**, mais il ne serait pas debout avant plusieurs jours.

« Et les autres enfants ? demanda Tadi en recevant son cadeau.
— J'ai toute ma tournée à faire et mon renne est le seul à pouvoir guider l'attelage », murmura le Père Noël.

Un petit jappement le fit sursauter. Couché aux pieds de Tadi, Riski le regardait en remuant la queue.
Le Père Noël sourit.

« Et pourquoi pas ? Tu as été un guide parfait... »

D'un coup de sa houlette magique, il toucha Riski. Et c'est ainsi que cette année-là, **un chien de traîneau remplaça le renne de tête du Père Noël pour sa tournée.**

13 décembre

La Trottinette rouge

Elle était une magnifique trottinette rouge à pédale, ce qu'on fait de mieux en matière de trottinette. Pas très moderne, c'est vrai, pas légère, pas pliable et encore moins électrique, mais **elle était la meilleure des trottinettes**, fabriquée dans les ateliers du Père Noël depuis l'époque de la reine Victoria.

À présent, entassée avec les autres jouets autour de l'arbre de Noël, la trottinette attendait son heure. Dans peu de temps, le petit Rodolphe allait se lever, découvrir ses cadeaux et hurler de joie en découvrant une trottinette rouge à l'ancienne. Ce serait à coup sûr son cadeau préféré. Du haut du traîneau du Père Noël, la trottinette avait fait des repérages. **Elle se voyait déjà en train de dévaler à toute vitesse les trottoirs de la petite ville où l'enfant habitait.**

Soudain, il y eut un cri strident, des bruits de pas précipités et la trottinette sentit un frisson de plaisir la parcourir de la roue avant à la roue arrière. D'un instant à l'autre, des petits bras allaient la soulever...
Mais il n'en fut rien. Elle entendit le bruit d'un papier qu'on déchire, puis d'autres papiers, d'autres cris, et toujours rien. La trottinette commençait à transpirer sérieusement sous son papier cadeau, quand, enfin, Rodolphe dit en haussant les épaules :
« Je sais ce que c'est ! »

Il déchira le papier et, enfin, la trottinette apparut en pleine lumière, belle et rouge comme jamais. Si elle avait eu la parole, elle aurait lancé :
« Et t'as vu ma pédale ? C'est pour accélérer ! Qu'est-ce que t'en dis ?
— Bof, dit Rodolphe, ça fait un peu bébé... J'aurais préféré un vélo ! »
Et sans autre forme de procès, **la trottinette se retrouva abandonnée sur le sol...**

Elle y resta toute la matinée. Toute la matinée, couchée par terre, le guidon au ras du carrelage, à servir de base à des monstres venus de l'espace, de pont de chemin de fer à une armée de robots androïdes, et même de rampe de lancement à une voiture télécommandée !
Puis, les parents de Rodolphe dressèrent la table pour le repas de Noël et tante Élisa arriva.

« Pousse tes jouets, Rodolphe, on va marcher dessus ! protesta sa mère.
— Cette trottinette va finir par faire tomber quelqu'un ! » réprimanda son père.

Pour le coup, la trottinette en eut presque les larmes aux yeux et, d'ailleurs, une goutte d'huile suinta de sa pédale. Faire tomber quelqu'un ? Elle qui était un modèle d'équilibre et de stabilité !
« Tante Élisa, peux-tu la mettre ailleurs s'il te plaît ? »
Tante Élisa s'approcha de la trottinette qui, soudain, retrouva et la verticale et sa dignité.

« Mais elle est magnifique, cette trottinette ! s'écria la jeune femme en posant un pied dessus. Je peux l'essayer ?
— Je te la donne si tu veux », répondit Rodolphe.
Pleine d'espoir, la trottinette se redressa de tout son guidon. D'un coup de pied, tante Élisa se propulsa en avant. Elle appuya sur la pédale d'accélérateur, fit le tour de la table, puis s'arrêta.
« Je vais l'essayer dehors ! » annonça-t-elle.
Il y avait une grande terrasse devant la maison : **tante Élisa eut l'impression de retrouver ses dix ans.**
« Cette trottinette est vraiment GÉNIALE ! cria-t-elle à Rodolphe qui venait d'apparaître sur le pas de la porte. Je croyais qu'on n'en faisait plus des comme ça ! »

Brusquement, le petit garçon courut jusqu'à sa tante, qui le fit monter devant elle. Et hop, à toute allure, comme deux cow-boys dans la prairie, Rodolphe et tante Élisa trottinèrent sur leur cheval de fer.
« Je ne savais pas que c'était une trottinette à deux places ! s'écria Rodolphe, ravi, quand tante Élisa s'arrêta.
— J'espère que tu me la donnes toujours ! »
Descendant de la trottinette, Rodolphe empoigna le guidon avec toute la fierté d'un propriétaire de trottinette à l'ancienne.
« On dira que c'est à nous deux, d'accord tante Élisa ? »
Et tante Élisa fut d'accord…

14 décembre

Le Père Noël en vert

Ce matin-là, le Père Noël se réveilla avec un mauvais pressentiment. Pourtant il avait vérifié cent fois : tout était prêt. Les cadeaux emballés, le traîneau briqué et astiqué… Il commanda son petit déjeuner, prit une bonne douche et ouvrit son placard pour s'habiller. Quoi ?!
Son habit, son célèbre habit rouge bordé de fourrure blanche, celui qu'il mettait depuis toujours pour la nuit de Noël… était vert !
Il poussa un rugissement. Les lutins, tout penauds, expliquèrent qu'ils s'étaient trompés dans le processus de lavage. Il n'y avait rien, mais alors rien à faire.

Cette année-là, le Père Noël serait en vert.
De fort méchante humeur, le Père Noël commença sa tournée, distribuant ses cadeaux à la vitesse de l'éclair. Il ne manquerait plus qu'un enfant le surprenne. C'était déjà tout à fait problématique en temps normal : là, ce serait carrément catastrophique.

Vers 3 heures du matin, il arriva à la pension Ospopha, en Sibérie. C'est là que vivait Yvan, un petit garçon dont le tempérament rêveur faisait de lui le bouc émissaire de ses camarades.

Yvan avait une passion : la photographie. Il avait hérité de son père un vieil appareil (vous savez, ceux qui s'utilisent avec de la pellicule) et, comme le directeur l'aimait bien, il avait toujours de quoi développer lui-même ses photos.

La veille, Igor, la grosse brute du dortoir, l'avait coincé dans le couloir : « **Puisque tu es si malin avec ton appareil, prends donc une photo du Père Noël.** »
Le Père Noël pénétra par la cheminée dans le réfectoire de la pension. C'était sa dernière distribution. Ensuite, il pourrait rentrer chez lui, ranger cet horrible habit vert et oublier tout ça. Soudain, il entendit un petit « **clic** ». Yvan venait de le prendre en photo.

Le Père Noël, qui connaît tous les enfants, devina que si Yvan était caché sous la table, transi de froid et de peur, à 3 heures du matin, au lieu d'être tranquillement dans son lit, ce n'était pas de son plein gré. **Il lui adressa donc un clin d'œil** et lui demanda d'un geste de ne rien dire sur la couleur de son habit.
Je crois même qu'il lui chuchota : « Un problème de lavage, ne t'en fais pas. »
Yvan ne sut que répondre. Il était pétrifié.

Le lendemain, quand Yvan développa son cliché et le montra à tous ses camarades, personne ne s'étonna de la couleur de l'habit du Père Noël, car les photos d'Yvan étaient toujours en noir et blanc.
Le jeune garçon devint la star du pensionnat et, l'année suivante, au lieu de sa lettre au Père Noël, il posta sa photo. Le Père Noël la garde précieusement, **en souvenir de cette tournée pas ordinaire**.

15 décembre

Les Rennes du Père Noël

En ce temps-là, c'était un cheval qui tirait le traîneau du Père Noël. Prénommé Flocon, il avançait péniblement par tous les temps. Le traîneau glissait sur les collines enneigées, traversait des forêts silencieuses et s'arrêtait devant chaque maison.
Cette année-là, le Père Noël pénétra dans l'écurie de son fidèle compagnon.

« Alors, Flocon, prêt pour l'aventure ? »

Le cheval poussa un hennissement joyeux et secoua la crinière. Il était vieux, mais **la magie de cette merveilleuse nuit l'enchantait à chaque fois**.

La hotte chargée de cadeaux, une couverture bien chaude sur les genoux, le Père Noël fit

claquer les rênes. Flocon partit au trot, les clochettes tintant joyeusement autour de son cou.
Puis, au fur et à mesure, **l'allure ralentit**. Au milieu de la nuit, il marchait au pas. Les clochettes ne tintaient plus. Le froid lui mordait les pattes, il tremblait de tous ses membres. Le Père Noël soupira. Son pauvre cheval était bien fatigué et il s'arrêta même au bas d'une montée.
« **Eh bien ! Flocon !** »
Le cheval le regarda tristement et secoua la tête. Le Père Noël descendit et poussa, poussa… **mais le traîneau ne bougea pas**.
Des branches craquèrent dans le sous-bois. Un renne approcha doucement. Avec son aide, l'attelage s'ébranla, grimpa la colline et s'arrêta au sommet.
« Je te remercie ! Tu viens de sauver Noël ! » lui cria le Père Noël en faisant claquer la bride.

Le traîneau glissa dans la descente. Le Père Noël se retourna une dernière fois.
Le renne courait derrière en ramassant les cadeaux qui s'échappaient de la hotte.
« **Hooo !** » cria le Père Noël.
Flocon eut toutes les peines du monde à s'arrêter.
Le renne ramassait les cadeaux éparpillés. Le Père Noël les remit dans la hotte et la ferma bien serrée.
« Eh bien, on peut dire que tu viens de sauver Noël pour la seconde fois ! Merci infiniment ! »

Le traîneau repartit aussitôt, la tournée était loin d'être finie. Au petit matin, ils s'arrêtèrent à la dernière maison. C'était une petite ferme au milieu d'une clairière. Une lueur brillait dans l'écurie. Un long hennissement retentit. Flocon redressa la tête. Le Père Noël approcha doucement et poussa la porte. Une vieille jument le regardait.

« Là… Ma belle !

— **HIIII…** »

Flocon s'impatientait, la jument lui répondait.

Le Père Noël comprit.

Il passa sa main entre les deux yeux de Flocon et lui parla à l'oreille.

« Je crois que nos routes se séparent ici. Voici ta nouvelle maison ! »

Flocon frotta sa tête sur l'épaule du vieil homme. Une larme perla à la pointe de ses cils. Le Père Noël accompagna son vieux cheval jusqu'à l'écurie et, après un dernier salut, retourna près du traîneau. Le Père Noël commença à le tirer, mais il ne le bougea que de quelques centimètres. Découragé, il s'assit sur un rondin de bois.

Des branches s'entrechoquèrent dans la forêt, quelqu'un approchait. Le renne sortit, suivi d'un autre puis encore un. Ce furent huit rennes qui vinrent se placer devant le traîneau.

Le Père Noël avança vers le premier qui avait un petit sac accroché autour du cou. Il le décrocha et l'ouvrit.

Une poussière brillante se dispersa au-dessus des rennes et leurs bois scintillèrent dans la nuit glacée.

« Cette fois, c'est moi que tu viens de sauver ! »

Lorsque le Père Noël fit claquer la bride, le traîneau s'élança et s'envola dans les airs.

« Doucement ! » s'écria le Père Noël en rattrapant son bonnet de justesse.

Quelques heures plus tard, ils atterrissaient au Pôle Nord. Le Père Noël regarda fièrement son nouvel attelage.
« Toi, dit-il en s'approchant du premier renne, tu es rapide, tu t'appelleras Tornade. »
Puis, il s'approcha du suivant :
« Toi, tu es le plus gracieux, tu t'appelleras Danseur. »
Chacun reçut un nom. Le plus puissant fut baptisé Furie, le plus vif, Éclair, le plus agile, Fringant, le plus fort, Tonnerre, le plus joyeux, Comète et le plus gentil, Cupidon.
Le Père Noël les détela et les conduisit dans leur nouvelle maison où les attendaient de la paille fraîche et de l'avoine savoureuse.
Depuis lors, **les huit rennes du Père Noël tirent son traîneau pour cette nuit magique** qui fait le bonheur des petits mais aussi des plus grands.

16 décembre

Harry, le chat qui rêvait de voler

Harry était né par une belle nuit de printemps dans la maison du Père Noël. Il était tout blanc avec, sur le front, un petit motif noir en forme d'éclair.

Harry n'était pas un chaton comme les autres. Depuis qu'il avait découvert le hangar où les rennes entretenaient le traîneau, **il rêvait de voler**.

« Tu es un chat, lui disait sa maman. Les chats lapent du lait, font des câlins au Père Noël, aident les elfes à dérouler les bobines de ruban… »

Mais Harry ne l'entendait pas de cette oreille. S'il était chat à l'extérieur, **à l'intérieur, il se sentait renne**.

À l'approche de Noël, il prit une décision : il grimperait dans le traîneau et ferait, lui aussi, le grand voyage dans la nuit étoilée. À l'atelier, il chipa une bobine du meilleur ruban, il emprunta une longue vue dans la collection personnelle du Père Noël et, le jour J, **il se cacha parmi les cadeaux**.

Le traîneau prit de l'altitude. **Harry empoigna sa longue vue et se hissa sur la pile de paquets**.

Aussitôt, un coup de vent l'aspira. Heureusement qu'il avait passé le ruban autour de son ventre ! Ainsi accroché, il volait, tiré par le traîneau et, autour de lui, il n'y avait plus que le ciel et les étoiles. C'était tout simplement magique.

Mais alors qu'ils survolaient la Mongolie, ils essuyèrent une tempête. Le vent rugissait, le traîneau bondissait, et le Père Noël criait des ordres pour maintenir le cap !

Harry ne maîtrisait plus rien. Il tournait sur lui-même comme du linge dans une machine à laver. C'était sûr ! **Le ruban allait bientôt craquer, il fallait qu'il remonte dans la remorque.**

Le chaton se mit alors à pleurer.

Entendant du bruit à l'arrière de son traîneau, le Père Noël se retourna. Il comprit immédiatement que, s'il ne faisait rien, Harry était perdu.

Le Père Noël lâcha les rênes et escalada la pile de cadeaux. C'était périlleux, car le traîneau bougeait dans tous les sens. Il finit par récupérer le chaton et le mit en sécurité à ses pieds, sous la banquette. Harry était transi de froid et de peur, mais jamais il n'avait été aussi heureux.

Ce fut un Noël inoubliable. Toute la nuit Harry fit la distribution avec les rennes du Père Noël. **Il était l'un des leurs.**

Le lendemain, lorsqu'il retrouva sa maman, il comprit qu'il avait fait une grosse bêtise. Et pourtant, il rêvait de recommencer.
« Pas question, gronda sa maman. L'année prochaine, tu passeras Noël bouclé à double tour. N'est-ce pas Père Noël ? »

Mais le Père Noël sourit et fit un clin d'œil à Harry.
Après tout… Il y avait peut-être une petite place dans le traîneau pour un chaton si courageux…

17 décembre

La Surprise du Père Noël

Le vent soufflait fort sur la plaine enneigée et, dans sa grande maison en bois verni, le Père Noël s'impatientait.
« Impossible de sortir entraîner les rennes, par un vent pareil. J'espère qu'ils seront en forme pour traverser le ciel, la veille de Noël... »
Il s'enfonça dans son fauteuil d'un air renfrogné. La Mère Noël essaya alors de lui changer les idées.
« **Au fait, tu as trouvé la surprise pour Lutin Premier ?**
— Je vais lui offrir une paire de chaussons verts, répondit le Père Noël.

— Excellente idée, approuva la Mère Noël. Il est normal que les lutins reçoivent aussi un cadeau de Noël. »

À ces mots, le Père Noël grommela dans sa barbe. La Mère Noël s'étonna :

« Pardon ? Je n'ai pas bien compris ce que tu as dit...

— Oh, rien d'important », bafouilla le Père Noël en rougissant soudain de confusion.

La Mère Noël n'insista pas. Mais son sourire en coin ne laissait aucun doute : elle avait tout entendu ! Le Père Noël avait murmuré : « **Tous les ans, c'est pareil. Je distribue les surprises, mais je ne trouve jamais rien dans mes propres souliers.** Je sais, je suis le seul et unique Père Noël de l'univers... mais parfois, j'aimerais qu'il en existe un autre pour moi aussi ! »

Bien sûr, il avait un peu honte de penser ce genre de chose. Car, après tout, le fabuleux Père Noël : c'était lui ! Pourtant, la Mère Noël lui donnait entièrement raison et décida sur-le-champ de lui préparer un cadeau en secret.

Aussi, quand le vent se calma enfin et que le Père Noël emmena les rennes en promenade volante, elle s'empara de son matériel à couture, alla chercher l'immense sac à cadeaux en toile épaisse dans le placard, **puis elle sortit ramasser quatre gros cailloux dans le jardin**, avant de rentrer se mettre à l'ouvrage sans tarder. Le soir de Noël, tout était fin prêt ! Minuit sonna au carillon, et le Père Noël enfila ses bottes de cuir noir pour partir en tournée, quand, tout à coup...

« AÏE ! Il y a un caillou dans ma botte ! » s'écria-t-il.
Vite, il l'ôta, la secoua, et en fit tomber, stupéfait, un gros caillou entouré d'un papier. Il le déplia et y lut ce message : **« Un gros caillou pour un gros bisou ! »** Il fronça les sourcils. Qui avait pu glisser ce mot dans ses souliers ? Il trouvait très gentil qu'on ait pensé à lui ce soir, mais il trouvait cette surprise un peu bizarre ! Se promettant de tirer plus tard ce mystère au clair, il grimpa dans son traîneau pour s'envoler distribuer ses cadeaux. Sa tournée terminée, il rangea son sac à cadeaux et s'aperçut qu'une poche avait été cousue tout au fond. Il l'ouvrit, et y pêcha un autre gros caillou entouré du message : **« Un gros caillou pour une surprise ! »**

De plus en plus intrigué, le Père Noël s'assit au coin de la cheminée, retira ses bottes pour enfiler ses chaussons... dans lesquels il y avait encore deux gros cailloux ! Le message du pied droit disait : **« Un gros caillou pour un coup d'œil... »**, celui du pied gauche finissait : **« ... sur la table du salon ! »** Le Père Noël se retourna aussitôt. Il vit avec bonheur un beau paquet qui l'attendait ! Il déchira le papier violet, et découvrit une longue écharpe en cachemire soyeux, confectionnée par la Mère Noël.

« Oh, merci ! s'exclama le Père Noël.

— Merci pour mon écharpe aussi ! » répondit alors la Mère Noël.

Cependant, le Père Noël ne comprenait pas un détail :
« Pourquoi avoir mis des cailloux dans mes bottes et mes chaussons ? lui demanda-t-il.
— Parce que tu tenais tellement à trouver une surprise dans tes souliers... alors que sur la table, c'est aussi bien, non ? » répondit-elle d'un ton malicieux.

Et tous deux éclatèrent de rire en s'enveloppant dans leur écharpe !

18 décembre

Le Grand Amour du Père Noël

Imagines-tu un Noël sans cadeaux ? Ce serait terrible ! Et pourtant, cela a failli arriver.

Cette année-là, Albert, le chef des rennes, avait refusé tout l'automne d'avaler sa potion à la moelle de phoque.

« Je ne suis pas une mauviette ! bougonnait-il. Je n'ai pas besoin de prendre des gouttes, comme un enfant ou une grand-mère ! »

Naturellement, il avait fini par tomber malade et, le soir de Noël, il était fiévreux.

Malgré tout, le traîneau prit son envol. Au bout de quelques kilomètres, Albert était tellement mal que le Père Noël fut obligé d'atterrir en urgence dans une clairière. Grelottant, le vieux renne reposait dans la neige et respirait difficilement. Il fallait trouver de l'aide ! Le Père Noël avisa une maisonnette dont la cheminée fumait. **Il frappa à la porte et... tomba amoureux.** La femme qui lui avait ouvert avait les yeux les plus doux du monde. Le Père Noël bafouilla quelques explications et la femme, tout naturellement, l'aida à installer Albert dans son salon.

« Asseyez-vous, dit-elle, et, quand elle parlait, sa voix tintait comme mille clochettes aux oreilles du Père Noël. Je vais préparer une potion à base d'extrait de sapin. Dans une heure ou deux, il sera sur pieds. »

Ces deux heures furent les plus belles de la vie du Père Noël. Il aurait dû être inquiet pour Albert, pour les cadeaux qui attendaient dehors dans le traîneau… mais il ne pouvait penser à rien d'autre qu'aux yeux de Tanne.

Le remède fut miraculeux. À 11 h 22 exactement, le traîneau s'envola. Tanne avait posé sur les épaules d'Albert un plaid coloré fait des laines les plus douces du monde. Elle lui avait confié une petite fiole remplie de potion, avec une recommandation : en prendre 10 gouttes toutes les heures.

Le Père Noël reprit sa distribution, mais il n'était pas concentré. À minuit 12, il déposa le cadeau de Mila dans la cheminée d'Adèle. À 3 h 15, il se trompa et offrit à Victor la console prévue pour Kamil. Et puis, ils avaient pris beaucoup de retard ! Les lutins firent de leur mieux pour réparer les erreurs, mais tu as peut-être toi-même un cousin ou une amie qui a souffert de ce Noël pas comme les autres.

Au lever du jour, le Père Noël mit cap au nord pour rentrer à la maison. **Pourtant, il ne pouvait oublier Tanne et sa voix d'ange.** Alors, soudain, il fit demi-tour, un demi-tour à 180°, qui décoiffa les lutins.

Il se gara devant la maisonnette. **Tanne l'attendait.** Elle savait qu'il reviendrait la chercher.

Depuis ce jour-là, les rennes prennent sans protester leur potion d'extrait de sapin, et Tanne s'occupe d'eux comme une vraie Mère Noël !

19 décembre

Le Petit Ours oublié

C’est l’effervescence dans l’atelier du Père Noël, tous s’activent. Dans quelques minutes, la grande distribution commencera.
Le Père Noël se prépare.
« Mon bonnet est repassé, mes bottes bien cirées, mes gants raccommodés… Je crois que tout est prêt ! »
Il fait un petit tour aux écuries, les rennes sont impatients. Ils trépignent dans la paille. Voilà un an qu’ils attendent cette nuit.
Le Père Noël contemple tout son petit monde.
Les lutins commencent à charger l’immense hotte qui trônera bientôt sur le traîneau. **Un petit ours en peluche s’agite.**

« YOU HOU ! Le grand jour est arrivé ! YOUPI, je vais être distribué ! »
Les voitures de pompiers, les poupées, les trains électriques, chacun trouvera sa place ce soir.
« Laissez-moi passer, s'écrie un petit lutin, j'apporte les derniers jouets ! »
Il se précipite et… BADABOUM ! Il trébuche sur un patin à roulettes.
« **Aïe ! Ouille !** » gémit-il en se frottant les fesses.
Vite, il ramasse tous les jouets éparpillés et les fourre dans la grande hotte.
« Ouf ! Juste à temps ! »
Le Père Noël fait claquer les rênes.
« HUE ! »
Le traîneau s'envole dans la nuit bleue.

« Il fait sombre ici ! se dit le petit ours en peluche. **Kof ! Kof ! Kof !** »
La poussière le fait tousser. Il regarde autour de lui, mais il n'est pas dans la hotte ! **Il est encore à l'atelier !** Il sort de dessous le meuble. Tout est calme, ils sont tous partis…
« Ohé ! Il y a quelqu'un ? Je suis là ! Vous m'avez oublié ! Ce n'est pas possible ! »
Une petite souris pointe le bout de son museau.

« Que se passe-t-il ? Pourquoi cries-tu ainsi ?
— Je ne suis pas parti avec les autres jouets, un enfant n'aura pas de cadeau cette nuit ! Le lutin ne m'a pas vu !
— Mais c'est une catastrophe ! s'écrie la petite souris. Pas une minute à perdre, il faut rejoindre le Père Noël ! »

L’ours en peluche hausse les épaules tristement. La petite souris le prend par la patte et l’entraîne dehors. Elle se met alors à jouer de la flûte.
Un lapin arrive aussitôt en bondissant.
« Il manque un jouet dans la hotte. Il faut suivre le traîneau ! » dit-elle en pointant du doigt l’attelage au loin dans le ciel.

Le lapin attrape la souris et l’ours en peluche et les installe sur son dos.

Sans jamais quitter le traîneau des yeux, il file à travers les plaines. Il court à perdre haleine mais, bien vite, la fatigue se fait sentir.
Alors, la petite souris prend à nouveau sa flûte.
Un renard sort du bois.
« Cet ours doit rejoindre le Père Noël. Il faut suivre le traîneau ! dit-elle en pointant du doigt l’attelage toujours loin dans le ciel.

— Grimpez ! » leur dit-il sans hésiter.
Il se dépêche, l’heure tourne.
« Nous n’y arriverons jamais… » se lamente le petit ours.
— C’est la nuit de Noël, tout est possible », répond la petite souris.

Soudain le traîneau disparaît derrière les grands arbres. Le renard s'arrête, il ne sait plus où aller.
« Je suis désolé ! Il faudrait survoler la forêt ! »
La petite souris joue encore une fois de sa flûte. Un hibou atterrit juste devant eux.
Après une rapide explication, il l'emporte avec l'ours. **Tous les deux s'accrochent à ses plumes, le vent leur refroidit le museau**. Ils se serrent pour avoir plus chaud.
« Là ! Juste en bas ! »
Le hibou pique à toute vitesse, le traîneau est posé sur le toit d'une maison. Il dépose la petite souris et l'ours en peluche à côté.

« **Hou ! Hou !**
— Merci ! s'écrient en chœur les deux amis.
— Vite ! Grimpe dans la hotte ! » lui dit la petite souris.
Le petit ours en peluche escalade l'énorme sac, mais avant de plonger à l'intérieur, il se retourne.
« Merci, petite souris ! Sans toi, je n'y serais jamais arrivé ! »
Le Père Noël s'installe aux commandes et d'un coup de bride donne le départ. Sa tournée est loin d'être finie. La petite souris se cale dans la poche du vieil homme et complètement épuisée, s'endort aussitôt. Son voyage de retour sera plus calme.
Le petit ours, quant à lui, attend patiemment au fond de la hotte et sourit lorsque la grosse main l'attrape et le dépose dans des souliers.
Demain matin, un enfant sera très heureux de le trouver là, assis au pied du sapin.
N'est-ce pas là le rêve de tous les ours en peluche ?

20 décembre

Lily ne croit plus au Père Noël

Noël approche et Lily commence à avoir des doutes. Tous ces Pères Noël un peu partout dans les rues, dans les grands magasins, c'est bizarre !
Elle tourne et retourne la question dans sa tête.
Elle se lève d'un coup et file au garage. Lily grimpe sur l'établi et attrape le mètre de son père.
De retour au salon, elle se faufile dans la cheminée et mesure le conduit.
« 42 centimètres ! Non franchement, il ne peut pas passer par là, il est vraiment trop gros ! »

Puis, elle prend son gros dictionnaire et cherche la bonne page.
« Ra… ram… re… renne ! *"Mammifère des régions arctiques…"* Je le savais ! Ce n'est

pas possible ! Les mammifères ne volent pas ! Ils ne peuvent pas tirer le traîneau au milieu des étoiles… »
Déçue mais résignée, Lily monte dans sa chambre et jette sa lettre au Père Noël.
Le soir, au dîner, son petit frère est très agité.
« J'ai commandé une voiture, un ballon, un jeu de construction…
— **Pfff… Il n'existe même pas.** »
Son petit frère ouvre de grands yeux et éclate en sanglot.
« Lily ! s'écrie sa maman. Tu n'as pas le droit de dire cela ! »
Lily baisse la tête et quitte la table. Elle aussi est bien triste, mais il faut se rendre à l'évidence, IL N'EXISTE PAS !
Une fois couchée, Lily tourne et retourne dans son lit. Cette nouvelle a vraiment brisé le cœur de son petit frère.

Elle commence à s'endormir quand un petit bruit l'interpelle.
« **Eh**, je t'ai vu ! » s'écrie-t-elle.
Le petit lutin tapi au milieu des poupées se tasse un peu plus.
« Ce n'est pas la peine de te cacher ! »
Il relève la tête doucement.
« Qui es-tu ? » lui demande Lily.
Il hésite avant de répondre.
« Euh… Je travaille pour le Père Noël. »
Lily le regarde les mains sur les hanches.
« Hum… Pour le Père Noël… Bien sûr !
— Si, c'est vrai, je t'assure. Je suis venu pour toi. Mais normalement, tu devrais dormir. »
Lily n'y comprend rien. **Elle se pince, elle doit rêver**. Le petit lutin grimpe sur son lit et s'installe sur son oreiller.

« Tu crois que le Père Noël n'existe pas, n'est-ce pas ? »
Lily grimace.
« La cheminée est trop petite et les rennes ne volent pas.
— Tout cela est vrai ! Mais le Père Noël a plus d'un tour dans son sac. **Il peut rétrécir, s'aplatir et même disparaître...** »
Lily n'en revient pas. C'est donc possible !
« Et ces rennes, ce ne sont pas des rennes ordinaires comme on les voit dans les forêts du Grand Nord. Non, **ce sont des rennes magiques**, leurs bois scintillent dans la nuit, ils glissent sans bruit au milieu des étoiles. »

Lily reste sans voix.
« D'ailleurs, il faut que je file », conclut le lutin.

Il escalade la fenêtre et siffle debout sur le rebord.
Un jeune renne arrive aussitôt. Lily n'en croit pas ses yeux.
Le lutin grimpe sur son dos et disparaît dans la nuit étoilée en s'écriant :
« Joyeux Noël, Lily ! »
La petite fille reste un moment accoudée à la fenêtre, espérant le voir revenir, mais finit par aller se coucher.
Le lendemain matin, elle sourit en pensant au merveilleux rêve qu'elle a fait dans la nuit.
« Tiens, c'est bizarre ! »
Elle ramasse un petit bonnet de lutin.
« Ce n'était pas un rêve ! Mais alors, c'est vrai ! »
Elle court réveiller son petit frère.
« Il existe ! Le Père Noël existe ! »

Elle retourne dans sa chambre, récupère sa lettre dans la poubelle et la déchiffonne soigneusement. Elle la met dans une enveloppe et s'applique en écrivant : « Le Père Noël, au Pôle Nord. »
Elle dévale les escaliers, se précipite à la grande boîte aux lettres et glisse sa précieuse lettre dans la fente.

Voilà une journée qui commence bien. Lily rentre chez elle en sifflotant. Cette année encore, Noël sera magique.

21 décembre

La Lettre oubliée

Émilie regarda par la fenêtre. Il neigeait à gros flocons, et la petite fille s'inquiétait.

« Dis, maman, il va neiger longtemps ?

— Quelques jours, certainement, répondit sa mère. Pourquoi ?

— Parce que demain soir, c'est Noël, et j'ai peur que le traîneau du Père Noël ne puisse pas venir chez nous.

— Rassure-toi, ma chérie. La neige n'a jamais empêché le Père Noël de distribuer ses cadeaux. Au contraire !

— Comment ça, au contraire ?

— **Les rennes adorent zigzaguer entre les flocons, expliqua sa mère. Ils volent deux fois plus vite, en s'amusant ainsi !** »

Émilie acquiesça et, rassurée, elle alla dans le jardin fabriquer un bonhomme de neige. Elle lui planta une coquille de noix à la place du nez, deux gros boutons pour les yeux, un fil de laine en guise de sourire. Puis elle posa sur sa tête le vieux bonnet rouge de sa poupée.

« Voici mon bonhomme de Noël ! se réjouit alors Émilie en l'admirant. J'espère que le Père Noël le trouvera réussi. C'est pour lui que je l'ai fait ! »

Sur quoi, elle rentra à la cuisine boire un bol de chocolat chaud. **Lucas, son voisin, arriva au même moment.**

« Bonjour, Émilie ! Tu vas bien ? Je viens emprunter la boîte à outils de ton père. Il a dit au mien qu'il la laissait à la cuisine et que je pourrais la prendre si j'en avais besoin, pour mon cadeau de Noël. »

La fillette le taquina :
« Tu n'as pas encore ton cadeau, Lucas... C'est demain soir, Noël !
— Oui, mais je sais que j'aurai ma voiture télécommandée, assura-t-il. Je l'ai demandée dans ma lettre au Père Noël ! »
Émilie perdit son sourire, tout à coup. Elle répéta en bredouillant :
« Ta lettre au Père Noël ?
— Bien sûr ! Et aujourd'hui, je vais bricoler un circuit en bois pour faire rouler ma nouvelle voiture dessus ! »

Sur quoi, il s'empara de la boîte à outils et repartit en sifflotant gaiement. **Les larmes aux yeux, Émilie courut à sa chambre.** Elle ouvrit le tiroir de son bureau et y trouva sa propre lettre au Père Noël. Elle avait complètement oublié de l'envoyer !
« Oh non ! soupira-t-elle. Maintenant, c'est trop tard. Le Père Noël ne m'apportera rien ! »
Elle fila avertir sa mère, qui lui répondit simplement de ne pas s'en faire. Mais la fillette préféra réfléchir à la question...

« Le Père Noël apporte des surprises aux enfants qui ne savent pas écrire, après tout... mais leurs parents lui écrivent pour eux. **Cependant, le Père Noël a des pouvoirs magiques.** Je peux toujours essayer de lui déposer ma lettre dans le jardin. Quand il passera avec son traîneau, il la lira, et peut-être qu'il fera apparaître mon cadeau ! À moins qu'il en ait un de trop dans son sac, puisque mon amie Sonia et moi, on a envie du même jeu de styliste ? »

Et, décidant de tenter sa chance, elle sortit placer sa lettre au pied du bonhomme de Noël. Le lendemain, à minuit, Émilie s'endormit en priant pour trouver ce qu'elle souhaitait dans ses souliers. Lorsque le Père Noël passa enfin sans bruit chez elle, **il pouffa devant le bonhomme de Noël qu'il trouva très mignon, et éclata de rire en découvrant la lettre oubliée.** Il la ramassa, dessina quelque chose du bout du doigt dans la neige, puis il distribua ses surprises et s'envola peu après. Au matin, Émilie ouvrit son cadeau. Elle tremblait d'émotion… et hurla de joie devant le jeu de styliste dont elle avait tant rêvé ! Vite, elle fonça dans le jardin. Sa lettre avait disparu, mais un gros cœur était dessiné dans la neige, juste à sa place. Son père et sa mère la rejoignirent dehors et affirmèrent :

« **Le Père Noël lit aussi dans les cœurs, Émilie.**

— Et ça, au moins, je ne risque pas de l'oublier ! pouffa alors la fillette avant de crier vers le ciel : Merci, Père Noël ! »

22 décembre

Le Lutin de la situation

En Australie, la nuit de Noël tombe en plein été. Et le Père Noël, au lieu de conduire un traîneau, se déplace en surf sur la mer. Il terminait donc de charger sa planche, ce Noël-là, avant de partir distribuer ses cadeaux, lorsqu'il glissa sur une algue, cachée dans le sable de la plage.

« AÏE ! » s'égosilla-t-il.

Il venait de se fouler la cheville, et la Mère Noël accourut en s'écriant :

« **Tu ne peux pas surfer dans cet état !**

— Je ne peux pas non plus ne pas le faire », remarqua fort justement le Père Noël.

À ces mots, Lutin Premier, le responsable en chef de l'atelier enchanté, s'approcha d'un air affolé.

« Oh non, oh non, oh non ! gémit-il. Ne me dites pas qu'il faut annuler Noël ?

— C'est impossible, voyons ! rugit le Père Noël. Lutin Premier, tu devras assurer la livraison à ma place ! »
L'œil du lutin se mit à briller.
« Je porterai votre fabuleuse veste rouge et vos élégantes bottes cirées ? » demanda-t-il.
« Non, j'ai juste besoin que tu déposes les cadeaux… » s'agaça le Père Noël.
Lutin Premier bomba le torse.
« Je suis le lutin de la situation ! promit-il. Vous pouvez me laisser sans crainte votre précieuse planche de surf enchantée ! »

Et ni une ni deux, il grimpa sur la planche, prêt à prendre le commandement de la plus belle nuit de l'année. Sauf qu'à sa grande surprise, le Père Noël s'assit derrière lui sur le surf en soufflant :
« Je te le répète, Lutin Premier : tu déposes les cadeaux, mais je reste le Père Noël ! EN ROUTE ! »
Une grosse vague enfla à l'horizon. Elle s'abattit en rouleau vers eux, et la planche partit comme une flèche ! Debout en équilibre, Lutin Premier la dirigeait avec maestria sur l'océan.

En accostant peu après sur la plage la plus fréquentée du pays, **il propulsa le surf jusque sur le toit de la première maison à visiter**. Le Père Noël supervisa les opérations.
« Le paquet rose, à gauche des chaussons de la petite fille. Le paquet bleu, à droite du sapin. Le vert, sur la chaise du grand garçon. Le jaune, au pied du lampadaire. »
Lutin Premier obéit à contrecœur. Lui, il aurait aimé installer les cadeaux d'une autre manière.

Dans la maison suivante, il demanda :
« Père Noël, j'ai une idée pour déposer les surprises de façon originale. Vous acceptez de me faire confiance ?
— Je te fais confiance, répliqua aussitôt le Père Noël. Mais le travail du Père Noël doit être fait à la façon du Père Noël. »
Le lutin, déçu, se résigna donc à obéir. Mais cela ne suffit même pas !
« Repousse le cadeau vers la droite, grogna le Père Noël. Attention, tu ne disposes pas joliment la ficelle ! »
Tant et si bien qu'à la fin de la tournée, Lutin Premier regagna la plage secrète du Père Noël en soupirant, complètement épuisé ! La Mère Noël lui offrit une limonade bien fraîche, pour le remettre de ses émotions. **Et voici que Lutin Premier se tordit le pied en glissant sur une algue !**
« AÏE ! »
La douleur l'empêchait de poser le pied par terre, alors que le Père Noël de son côté était totalement guéri.
« À mon tour de ne plus pouvoir marcher, lui dit le lutin. Pourtant, maintenant que Noël est passé, **il faut**

vite réviser les machines de l'atelier pour préparer Noël prochain...

— Ne t'inquiète pas, proposa le Père Noël. Tu m'as aidé, à moi de te rendre la pareille.

— Oh, merci ! s'écria Lutin Premier en souriant. Rassurez-vous : moi aussi, je vous ferai confiance, et je resterai assis derrière vous à vous dire exactement quoi faire, pour être sûr que tout soit bien fait à ma manière ! »

Le Père Noël ne répondit rien, mais il se retint de rire. Il fallait l'avouer : Lutin Premier venait de lui donner une belle leçon... digne du seul lutin de la situation !

23 décembre

Le Gros Mensonge de Blups

Chargés de cadeaux, Blups et Fourtout s'enfoncèrent dans la forêt. Il faisait nuit noire et ils avaient un peu peur. C'était la première fois qu'ils faisaient la distribution des cadeaux. Le Père Noël leur avait fait confiance et, jusque-là,

tout s'était très bien passé. Ils en étaient à leur 127ᵉ livraison. Tout à coup, Blups sentit un caillou dans sa chaussure. Ça lui faisait mal et le ralentissait.
« Pars devant, dit-il à Fourtout, je te rejoins. »
Il était appuyé contre un arbre pour ôter son soulier quand on l'apostropha.
« Vous êtes un vrai lutin ? »
Blups découvrit alors un petit garçon. **C'était Maxime, celui à qui il devait livrer les cadeaux**. Il le reconnut, car il avait consulté sa fiche sur sa tablette numérique juste avant de descendre du traîneau. Blups savait que Maxime était plutôt obéissant, mais qu'il avait parfois de drôles d'idées.

« Je suis un vrai lutin, répondit-il, et je vais te botter les fesses si tu ne files pas te mettre au lit.
— **Ouah !** cria Maxime. **Je voulais voir le Père Noël, mais un lutin, c'est bien aussi**.
— Merci ! répondit Blups, un peu vexé.
— On joue ?

— On ne peut pas jouer. Et si tu ne rentres pas chez toi, tu vas être privé de cadeaux.
— Tant pis, répondit Maxime. C'est trop cool de rencontrer un vrai lutin. »
C'était peut-être trop cool, mais c'était tout à fait interdit. C'était même la chose la plus interdite du règlement. Tous les lutins savaient ça. Le cerveau de Blups tournait à plein régime. Il fallait qu'il trouve une solution avant que Fourtout le surprenne et aille tout raconter au Père Noël.
« On va passer un marché, dit-il. Si je te confie un secret, tu promets de retourner dans ton lit, pour que je puisse faire mon boulot ? »
Maxime réfléchit quelques secondes et répondit :
« Je promets. »

Sauf que Blups n’avait aucun secret à révéler ! Il devait trouver une idée ! Tout de suite ! **Alors il inventa un mensonge, un énorme mensonge** :

« Le Père Noël n’existe pas. Il n’y a que des lutins. Surtout, tu n’en parles à personne. Maintenant, file te coucher. Et plus vite que ça ! »

Quand Blups retrouva Fourtout, celui-ci lui demanda :

« Où étais-tu passé ?

— J’avais envie de faire pipi, mentit Blups. On les dépose, ces cadeaux ? »

Comme tu t'en doutes, Maxime n'a pas tenu sa promesse et il a raconté son histoire à tout le monde. **Alors si, un jour, on te dit que le Père Noël n'existe pas, souviens-toi** : c'est juste un mensonge inventé par un lutin qui ne voulait pas être puni, et qui ne voulait pas qu'un petit garçon soit privé de cadeaux.

24 décembre

Un cadeau à venir

Ce jour-là, le Père Noël faisait les cent pas dans son atelier. Il s'arrêtait de temps en temps pour pousser un gros soupir. **Puis il fronçait les sourcils d'un air de réfléchir… et recommençait à marcher de long en large en bougonnant**. Inquiet, Lutin Premier, le responsable en chef de l'atelier enchanté, finit par lui demander :

« Que se passe-t-il ? Puis-je vous aider ?
— Il se passe un imprévu ! » répondit le Père Noël en insistant sur ce dernier mot.

Lutin Premier se mit à paniquer. **Un imprévu, à quelques jours de la distribution des cadeaux, cela provoquait en général de terribles complications...**

« Oh non ! Oh non ! Oh non ! s'affola-t-il. Ne me dites pas que les rennes font la grève du traîneau ? Parce que moi, je ne peux pas transporter les colis sans eux, et je ne...

— Du calme, l'interrompit le Père Noël. Il n'a jamais été question de grève. C'est bien pire que cela !

— Pire que cela... ? »

Cette fois, Lutin Premier frissonna de la pointe de ses bottines vertes au grelot de son bonnet. Il balbutia :

« Noël est annulé ?

— Bien sûr que non ! rugit le Père Noël. Mais pour la première fois depuis que Noël existe, je risque de commettre une erreur dans la distribution des surprises. Car, à cause de cet imprévu, soit il nous manquera un cadeau, soit nous allons en livrer un de trop ! »

Lutin Premier écarquilla les yeux, surpris. Il n'y comprenait rien !

« Si vous voulez, je vais vérifier la liste des maisons à visiter », proposa-t-il au Père Noël.

Il sortit de la poche de sa veste un long parchemin qui se déroula sur des kilomètres. Le Père Noël lui fit signe de le ranger.

« Le problème n'est pas là, Lutin Premier ! dit-il. Il s'agit du bébé de la rue des Cerisiers. **Il doit naître d'un jour à l'autre, et je n'ai aucun moyen de savoir s'il arrivera avant ou après Noël !** S'il ne naît pas avant, ses chaussons ne

seront pas au pied du sapin, et je ne devrai rien déposer pour lui. Mais s'il naît pendant Noël, que puis-je faire ? »

Lutin Premier plissa le nez. Maintenant, il comprenait l'angoisse du Père Noël ! Si le bébé arrivait pendant la distribution des cadeaux, il serait trop tard pour que ses parents glissent ses chaussons sous le sapin... Mais il était impossible de laisser une surprise en avance, pour un enfant dont on attendait la naissance ! **Au pays du Père Noël, chaque cadeau est attribué à un nom précis**. C'est la condition sous laquelle il peut être fabriqué à l'atelier enchanté...

« Je vais trouver une solution, promit Lutin Premier. Il n'est pas question de gâcher le Noël du bébé de la rue des Cerisiers ! »

Et il courut s'enfermer dans l'atelier enchanté. Il n'en ressortit que quelques jours plus tard, la veille de Noël exactement. Le Père Noël était très nerveux.

« Pitié, Lutin Premier ! Nous partons en tournée, pour distribuer nos cadeaux, dans moins de cinq minutes...
Dis-moi si tu as réussi ta mission ?

— Mission accomplie ! » répondit le lutin.

Et il tendit au Père Noël un gros œuf en toile matelassée. Il expliqua :

« Ce doudou est mécanique. Dès que le bébé à qui il est destiné le serrera contre son cœur, **il s'ouvrira, et un petit dragon en peluche en sortira**. Ainsi, vous ne déposerez ni un cadeau de plus, ni un cadeau de moins, au pied du sapin : vous déposerez un cadeau à naître... exactement comme le bébé de la rue des Cerisiers ! »

Le Père Noël applaudit, ravi.
« Lutin Premier, tu es un génie ! s'exclama-t-il. Comment te remercier ?
— Oh, pour ça aussi, j'ai ma petite idée », souffla le lutin malicieux.

Et cette année, exceptionnellement, il accompagna le Père Noël dans sa tournée... mais sans jamais sortir du traîneau, où il passa la nuit à se reposer et à se régaler de chocolat chaud !

25 décembre

L'Étrange Ami du Père Noël

Ce soir, le Père Noël est de bien belle humeur. « Pom, pom, pom. Encore un paquet, tout est bien ficelé, se réjouit-il. Voyons, **1, 2... 1 987 654 321,** le compte est bon ! Vous êtes prêts, mes rennes ? Nous allons bientôt partir. Hmm ! Il fait doux. Comme le voyage va être agréable ! »
Les étoiles complices scintillent, éclairant les rennes majestueux attelés à un traîneau débordant de cadeaux. Cette nuit de Noël s'annonce merveilleuse…
Mais tout à coup, CRAC ! L'imprévisible arrive ! La botte du Père Noël écrase malencontreusement quelque chose.
« Oh, quel maladroit ! s'exclame-t-il. Voyons, quel cadeau ai-je bien pu écraser ? »

Le Père Noël soulève sa botte, mais ne voit rien, il se penche, mais ne voit rien. Ce n'est qu'une fois le nez au ras du sol qu'il devine ce qu'il vient d'écraser… et pour cause ! Ce sont ses lunettes, qu'il a réduites en miettes ! La panique se lit

alors sur le visage du Père Noël, qui est devenu tout blême !
« **C'est une catastrophe !** s'écrie-t-il. Sans mes lunettes, je suis perdu ! Je ne pourrai plus lire le prénom des enfants sur ma liste de cadeaux ! »
Même la lune est devenue toute pâle ! Le Père Noël a les oreilles qui fument, tant il fulmine contre sa maladresse.
« Comment faire ? se demande-t-il. Je dois absolument trouver quelqu'un pour m'aider à distribuer les cadeaux. J'ai une idée, je vais appeler saint Nicolas. »

Le Père Noël compose son numéro, mais tombe sur le répondeur. Saint Nicolas est parti en vacances depuis le 7 décembre.

« **Pfff**… C'est embêtant, mais je n'ai plus le choix, je vais appeler une vieille connaissance. Nous étions ensemble à l'école, mais je l'ai perdu de vue. Comment s'appelait-il, déjà ? Le père Tartare ? Non. Le père Fêtard ? Non plus ! Ah, ça y est, ça me revient maintenant : le père Fouettard !

Ne perdons pas de temps !... Allô, père Fouettard, le Père Noël à l'appareil, bonsoir, j'ai un petit service à vous demander... » Le Père Noël raconte alors sa mésaventure.

« Mais, Père Noël, rétorque le père Fouettard, moi je ne m'occupe que des garnements et je leur cause bien des tourments !

— Oh, père Fouettard, essayez de faire un effort, pour une fois ! Les enfants sont toujours sages, vous le savez mieux que personne : vous êtes au chômage !

— Détrompez-vous ! Ces derniers temps, il y a pas mal de petites canailles ! Et puis, je n'aime pas être gentil, je préfère faire le méchant. C'est pour ça que j'ai choisi ce métier.

— Mais c'est beaucoup plus facile d'être gentil. Tenez, vous allez commencer par me faire plaisir en m'aidant. Ce sera votre première leçon de gentillesse.

— Alors, écoutez, Père Noël, on va faire un marché. Je veux bien vous donner un petit coup de main, mais seulement si vous m'autorisez à croquer un ou deux vilains gamins. »

Résigné, le Père Noël finit par accepter.
« Je passe vous prendre en traîneau dans cinq minutes, soyez prêt ! » dit-il au père Fouettard.
Après une longue nuit, le Père Noël et son nouvel assistant sont de retour. Tous les cadeaux ont été distribués. Mais c'est un père Fouettard grognon qui rentre chez lui, car il n'a eu aucun vilain garçon à se mettre sous la dent. En effet, tous les enfants dormaient bien sagement…

Dépôt légal : octobre 2015
Imprimé en Chine